CATALOGUE

DE BONS

TABLEAUX

ANCIENS

DES ÉCOLES

FRANÇAISE, FLAMANDE, HOLLANDAISE, ALLEMANDE & ITALIENNE

DONT LA VENTE AURA LIEU

HOTEL DES COMM.....

CATALOGUE

DE BONS

TABLEAUX

ANCIENS

DES ÉCOLES

FRANÇAISE, FLAMANDE, HOLLANDAISE, ALLEMANDE & ITALIENNE

DONT LA VENTE AURA LIEU

HOTEL DES COMMISSAIRES-PRISEURS

Rue Drouot, n° 5

SALLE N° 4

Le Vendredi 23 Mars 1860, à 1 heure.

Par le ministère de Me **DELBERGUE-CORMONT**, Com.-Pris.,
rue de Provence, 8,
Assisté de M. **DHIOS**, Expert, 33, rue Le Peletier,
CHEZ LESQUELS SE DISTRIBUE LE PRÉSENT CATALOGUE.

EXPOSITION PUBLIQUE

Le Jeudi 22 Mars 1860, de midi à 5 heures.

PARIS

RENOU ET MAULDE

IMPRIMEURS DE LA COMPAGNIE DES COMMISSAIRES-PRISEURS
rue de Rivoli, 144.

1860

DÉSIGNATION

ÉCOLE FRANÇAISE.

BERRÉ, d'après Van de Velde.

1 — Berger conduisant un troupeau de vaches.

BERTIN (Ecole de).

2 — Bords d'un parc.

BLAIN DE FONTENAY (J.-B.).

3 — Riche bouquet de fleurs dans un vase en bronze doré, orné de mascarons.

BOUCHER (Ecole de).

4 — Les amants surpris.

BOUCHER (Ecole de).

5 — Jeux de jeunes bergers.

BOURGUIGNON.

6 — Cavaliers en bataille.

BRUANDET.

7 — Vue prise dans la forêt de Fontainebleau.

BRUANDET.

8 — Paysage.

CHARDIN.

9 — Une fileuse. (Pastel).

CLAUDE LORRAIN (attribué).

10 — Paysage avec bergers.

JULES COIGNET.

11 — Vue des environs de Rome (étude).

COYPEL

12 — Junon rendant visite à Neptune.

COYPEL.

13 — Toilette de Vénus.

DUPLESSIS (Manière de Berghem).

14. — Le passage du gué.

FRAGONARD (Genre de).

15 — Nymphe coupant les ailes de l'Amour.

GÉRICAULT (Attribué à).

16 — Les marchands de chevaux.

GIRODET.

17 — Tête de Mameluck.

GRÉNIER.

18 — Vue du Havre.

HUBERT ROBERT.

19 — Paysage avec un temple orné de jolies figures.

LANCRET.

20 — La main chaude.

LANCRET.

24 — Concert dans un parc.

LANCRET (Genre de).

22 — Danse d'enfants.

LEBRUN. (Laffitte)

23 — Moïse sauvé des eaux.

LEBRUN (Ecole de).

24 — Allégorie de la justice.

LECLERC (des Gobelins).

25 — Baigneuses.

Mlle LEDOUX.

26 — Tête de jeune fille.

LESUEUR (Attribué à).

27 — Symbole de la religion.

LOTTIER.

28 — Une barque sur le Bosphore.

LOTTIER.

29 — Vûe d'une Mosquée du Caire.

LOTTIER.

30 — Vue dés environs de Paris.

MICHALLON.

31 — Vue prise de Savoie.

— 8 —

MIGNARD (École de).

32 — Portrait de femme.

PETIT (Signé).

33 — Coqs, poules et moutons dans un paysage.

ROZIER (Jules).

34 — Vue de Ville-d'Avray.

RUGENDAS.

35 — Bataille, assaut d'un fort.

SARRAZIN.

36 — Paysage avec architecture.

SANTERRE.

37 — La méditation.

SICCARDI.

38 — Jeune mère caressée par son enfant.

TABAR.

39 — Vue d'Orient.

TAUNAY (Attribué à).

40 — Paysage avec rochers.

TRINQUESSE.

41 — Portrait de Marie-Antoinette. Elle est vue
assise dans un fauteuil et tient un livre de
la main droite, l'autre est appuyée sur un
guéridon où est posé un vase de fleurs.

VIEN.

42 — Déesse de la peinture.

WATTEAU (Genre de).

43 — Un repas dans l'île de Cythère.

WATTEAU (Genre de).

44 — Personnages de la comédie italienne.

COYPEL (Charles).

45 — Polyphème et Galathée.

ÉCOLE FRANÇAISE.

46 — Portrait de Marie Leksinska, femme de Louis XV.

ÉCOLE FRANÇAISE.

47 — Jeune fille à la colombe. (Pastel.)

ÉCOLE FRANÇAISE.

48 — La tricoteuse (Pastel.).

ÉCOLES.

HOLLANDAISE, FLAMANDE ET ALLEMANDE.

VAN BALEN.

49 — Sainte famille.

BERKEYDEN (J.).

50 — Vue d'une ville.

BERGHEM, en Italie.

51 — Paysage avec cavaliers.

BREUGHEL DE VELOURS.

52 — Paysage orné d'une foule de personnages.

DIÉTRICH.

53 — Paysage avec cascades.

DIÉTRICH.

54 — Tête de jeune fille. (Manière de Rembrandt.)

DIÉTRICH.

55 — Tête de vieillard.

DROOGSLOT.

56 — Vue d'un village hollandais animé d'un grand nombre de figures.

MIERIS (Guillaume).

57 — Le médecin aux urines.

MICHEL CARRÉ.

58 — Paysage et animaux.

GOLZTIUS.

59 — La déesse des fleurs.

GOLZTIUS (Ecole de).

60 — Bellone.

HOBBEMA (Attribué à).

61 — Paysage avec animaux sur le premier plan.

ECOLE DE HOLBEIN.

62 — Portraits sur un volet de triptique.

VAN DER KABEL.

63 — Marine, visite sur le vaisseau amiral.

VAN KESSEL.

64 — Corbeille de fleurs.

LUCAS LEYDEN.

65 — Le Christ descendu de la croix.

METSIS (Jean).

66 — Le sommeil de Vénus.

BRYER.

67 — Nature morte et fruits.

J. MEERHOUT.

68 — Vue d'une ville de Hollande.

JEAN MIEL.

69 — Scène de carnaval.

MOUCHERON.

70 — Paysage, orné de figures par Lingelbach.

NETSCHER (Gaspard).

71 — Portrait de la princesse d'Orange, représentée en Diane au repos.

NETSCHER (Genre de).

72 — Dame et cavalier dans un intérieur.

NETSCHER (Constantin).

73 — Portrait d'homme assis, vêtu d'une robe de chambre et un bras appuyé sur une table couverte d'un riche tapis de Turquie.

OSTADE.

74 — Intérieur où on voit un porc ouvert.

OTTO VÉNIUS.

75 — La Vierge allaitant l'enfant Jésus.

PALAMÈDES.

76 — La partie de trictrac.

J. PETEERS.

77 — Marine.

PORBUS (François).

78 — Une dame du temps de Charles IX.

RUYSDAEL (J.).

79 — Marine.

SCHRIEDER (1755).

80 — Portrait d'un chasseur.

VAN STRY.

81 — Vaches au repos.

VAN STRY.

82 — Vache et moutons au pâturage.

DAVID TÉNIERS.

83 — Deux personnages dans un paysage.

DAVID TÉNIERS.

84 — Les misères de la guerre.

TÉNIERS, Père.

85 — Intérieur où l'on voit deux vieillards.

VAN TILBORG.

86 — Les joueurs de trictrac.

VAN STAVEREN.

87 — Portrait du peintre.

VLIEGER (Simon).

88 — Marine.

ISAÏE VAN DE VELDE.

89 — Port de mer avec marché de poissons. —

WINANTS DE BRUXELLES.

90 — Entrée de ville.

ZORG.

91 — Intérieur Flamand.

FRANCK, élève de Rubens.

92 — Le roi Ezéchias montrant ses richesses aux ambassadeurs de Babylone.

ÉCOLE FLAMANDE.

93 — Paysage avec ruines et figures.

ÉCOLE DANOISE.

94 — Marine, deux pendants.

ÉCOLE ITALIENNE.

BASSANO.

95 — Adoration des bergers.

GUIDO RENI.

96 — Judith et Olopherne.

GUIDE (École du).

97 — Hérodiade portant la tête de saint Jean.

GUIDE (École du).

98 — Judith portant la tête d'Olopherne.

GUERCHIN (École du).

99 — Joueur de flûte.

GUERCHIN (École du).

100 — La joueuse de cornemuse.

LUCA GIORDANO.

101 — Moïse sauvé des eaux. Tableau capital.

CARLO MARATI.

102 — Portrait de femme, de forme ovale dans un cadre sculpté.

CARLO MARATI.

103 — Flore et Zéphir.

ANTONIO PELLEGRINI.

104 — Apothéose d'un saint.

PULIZO (Élève d'André Delsarte).

105 — La Vierge, Jésus et saint Jean.

SERVANDONI.

106 — Intérieur d'un riche palais.

ÉCOLE ITALIENNE.

107 — Judith montrant au peuple la tête d'Olopherne.

ÉCOLE ITALIENNE.

108 — Flore et Zéphir.

ÉCOLE ITALIENNE.

109 — Jupiter et Calisto.

ÉCOLE ESPAGNOLE.

110 — Le Christ en croix.

ÉCOLE ANGLAISE.

BLAKE, 1827.

111 — Nature et Gibier.

JEAN WYCK.

112 — Un chien courant.

WILSON (Ecole de).

113 — Deux paysages, sites d'Italie.

CONDITIONS DE LA VENTE.

Elle sera faite au comptant.

Les Acquéreurs paieront, en sus des adjudications, dix pour cent applicables aux frais de vente.

RENOU et MAULDE, imprimeurs de la Compagnie des Commissaires-Priseurs, rue de Rivoli, 144.　9083

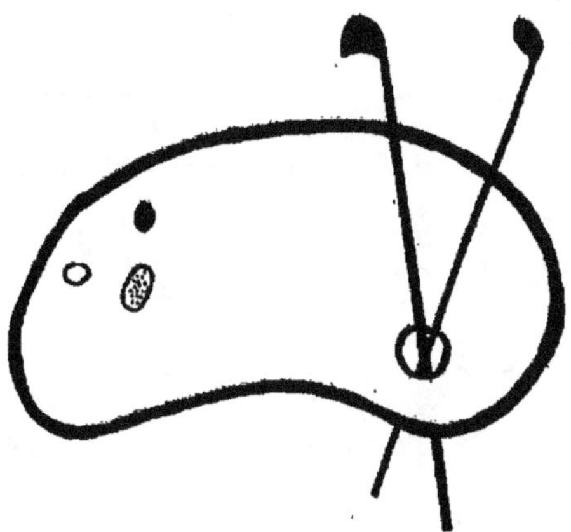

ORIGINAL EN COULEUR
NF Z 43-120-8

Paysages italiens M[?] [illegible]

1 Paysage italien ___________________
2 pendants ___________________

Bertrand

1 intérieur flamand ___________
1 paysage [illegible] ___________
1 religieuse ___________
2 [illegible] ___________

Louis

[illegible] Bordures ___________

9 [illegible] ___________ 4 —
1 [illegible] ___________ [illegible]
1 [illegible] ___________ 4 —
2 [illegible] ___________ 8 — 50
2 [illegible] ___________ 10 . 90
1 [illegible] ___________ 9 .
1 [illegible] ___________ 9 —
1 [illegible] ___________ 24 —

2 Zuccarelly ___ 18 [illegible]
2 [illegible] ___ 12 [illegible]
1 [illegible] ___ 96